Physionomies Parisiennes

COMMIS

ET

DEMOISELLES DE MAGASIN

PAR

MADEMOISELLE X···

DESSINS PAR HADOL

PARIS

A. LE CHEVALIER, ÉDITEUR

RUE RICHELIEU, 61

1868

COMMIS

ET

DEMOISELLES DE MAGASIN

Paris. — Imprimerie L. Poupart-Davyl

rue du Bac, 30

Physionomies Parisiennes

COMMIS

ET

DEMOISELLES DE MAGASIN

PAR

MADEMOISELLE X***

DESSINS PAR HADOL

PARIS

A. LE CHEVALIER, ÉDITEUR

RUE RICHELIEU, 61

—

1868

SOMMAIRE

—

COMMIS

ET

DEMOISELLES DE MAGASIN

CHAPITRE I

ORIGINE ET DÉBUT DU COMMIS

Lorsqu'Alphonse Karr lançait ses essaims de *Guêpes* dans Paris, au lieu de chasser, comme aujourd'hui, en jardinier modèle, celles qui bourdonnent trop près de ses fleurs de Nice, les commis de magasin ont plus d'une fois saigné de leurs piqûres. Ils n'en sont pas morts, et l'esprit public lui-même, qui est une guêpe terrible, éveillé par Alphonse Karr, les a longtemps criblés sans plus de succès. On les a appelés, et on les appelle encore *calicots ;* mais un mot ne tue plus personne.

Nous verrons, en finissant, si le commis de magasin, en effet, est un être inutile, qui, par droit injuste de conquête, tient une place dont le travail facile et délicat devrait être exclusivement celui des femmes. On l'a dit souvent depuis l'auteur des *Guêpes,* et M. Jules Simon, si j'ai bonne mémoire, le répétait lui-même en ces dernières années. Mais l'on s'est habitué en France aux *inutilités,* et des hommes sérieux prétendent que les commis administratifs et politiques ne sont pas plus indispensables que les autres. Nombre d'entre eux n'en sont pas moins assez habiles pour arriver à jouer leur rôle d'importants dans la vie, et l'on a, tous les jours, l'occasion de se rappeler ces petits vers célèbres :

> On a vu des commis
> Mis
> Comme des princes,
> Qui s'en étaient venus
> Nus
> De leurs provinces.

Le commis de magasin, que nous retrouverons plus tard si pimpant et si fringant, n'est pas toujours riche, même en espérances, lorsqu'il arrive à Paris. Souvent c'est le fils de petits fermiers ou de cultivateurs qui ont la vanité de trouver les mains de leurs enfants trop blanches et trop délicates pour remuer la terre des champs dont ils vivent. Dès l'âge de quatorze ans, il a été commis chez le marchand de nouveautés du bourg le plus proche ; à seize ans, aspirant déjà à monter, il s'est placé dans un magasin de la petite ville voisine ; un an après, il part pour Paris avec les bonnes notes de ses patrons et la bénédiction de sa famille.

Au commencement de l'hiver, il débarque d'un vagon de troisième classe avec une redingote démodée, dont les manches certifient que les bras ont grandi. Il a les cheveux courts, l'air timide ou plutôt intimidé, l'œil inquiet et étonné. Les manières dégagées de ses supérieurs, quoiqu'il débute généralement dans un magasin du quartier Saint-Denis ou du quartier Saint-Antoine, ne sont pas faites pour le rassurer. Il se sent examiner de la tête aux pieds, dans sa toilette, sa tournure et ses attitudes. Il y a des regards et des sourires obliques qui lui font peur, et lui donnent envie d'aller remettre dans sa malle sa demi-douzaine de paires de chaussettes, ses six chemises et ses cravates, pour retourner en cette petite ville, et même en ce bourg, où il était un élégant du dimanche.

Mais il prend son parti. Un matin on le voit descendre moins abattu de l'étroite chambre mansardée où il s'est désespéré, les premières nuits, entre son lit de fer et sa chaise, tout son mobilier. Ses cheveux ont poussé : il s'est pommadé la raie haut sur le front et il a presque réussi un nœud de cravate qui imite non-seulement celui des *seconds* du magasin, mais le nœud de cravate de ces *Messieurs*. Ces *Messieurs,* ce sont les *premiers,* les *chefs de rayon;* ces Messieurs, c'est comme qui dirait Leurs Altesses dans le monde officiel. Il surprend bien encore quelques sourires moqueurs,quelques mots équivoques, mais il en est vite consolé : il est déjà sûr de lui.

Quelquefois le commis de magasin, fils de gens plus riches, a traversé le petit séminaire de son diocèse : sa famille avait eu l'intention de s'orner d'un prêtre ou avait simplement voulu lui donner ce qu'on appelle en pro-

ince une belle instruction. Dans les
eux cas on l'envoie tout droit à Paris,
même dans sa redingote noire d'uni-
forme sentant encore la chapelle et
'encens. Le père ne pouvant pas dire :
Mon fils l'abbé! aura du moins la
consolation de parler de son fils le *négociant*. Malheureusement le fils est
parfois aussi devenu délicat dans le
commerce des Grecs et des Latins et
ne grimpe pas deux jours de suite à
'échelle double pour faire l'étalage
extérieur du magasin.

Faire l'étalage de la porte, en effet,
c'est tout spécialement l'ouvrage des
derniers venus. L'étalage chatoyant
des étoffes drapées avec art, des châles
déployés savamment sur les mannequins, des paletots de velours orgueil-

leux de leur martre et de leur astra-
kan, la *montre* enfin est l'ouvrage du
second.

Ajoutons, pour donner l'origine
complète et diverse des commis de
magasin, qu'on rencontre même parmi eux des fruits secs de l'École de
Médecine et de la Faculté de Droit.

CHAPITRE II

ORIGINE ET DÉBUT DE LA DEMOISELLE DE MAGASIN

Mais elles, ces filles qui le
voile mi-baissé, le pas leste
et pourtant décent, ont à
la fois un parfum de simplicité et
d'élégance, ces élancées, ces ondu-

leuses, que l'on rencontre sur les trot-
toirs sous le brouillard d'hiver de huit
heures du matin, sous le gaz de six
heures ou de dix heures du soir, et le
dimanche, le long des promenades, les
demoiselles de magasin, qui sont-
elles, d'où viennent-elles ?

Ah !... ici, quand on pense à l'étroit
avenir qui étranglera toujours l'existence de ces femmes, à moins de hasards heureux et singuliers, quand on
pense surtout que pour un certain
nombre d'entre elles, c'est le premier
degré du malheur et déjà le fond de
la désillusion, on n'a pas envie de se
livrer aux éclats de rire qui font ta-
page sur les pas des *demoiselles de
magasin* dans les romans de Paul de
Kock.

Expliquons-nous.

La demoiselle de magasin est quelquefois Parisienne.

Fille d'employé, de capitaine retraité ou de petit rentier qui veut au moins qu'elle se suffise à elle-même, si elle n'augmente pas les revenus de la maison, celle-là est la créature qui, la journée finie, rentre dans la vie dont elle a vécu depuis son enfance, dans la famille où elle a grandi, et qui, malgré ses sévérités relatives, sait la protéger et la consoler.

Mais cette autre dont les premiers mois de magasin sont tristes, dont la figure a pâli en quelques jours sous les larmes des premières nuits passées dans la chambre du cinquième de la maison, elle arrive de la province

victime de la vanité imprévoyante ou
de la ruine inattendue de sa famille.
Elle a été élevée au couvent ou au
pensionnat : elle a rêvé entre les murs
l'Ange d'Eloa, comme une mystique,
ou même le Don Juan de Mozart,
comme une Parisienne et une aristo-
cratique mondaine des Oiseaux. N'aurait - elle songé qu'au conseiller de
préfecture, coquet et parfumé, qui a
présidé une distribution de prix en
l'absence du préfet, ou seulement au
nouveau notaire à pince-nez et à favoris frisés de sa petite ville, c'est déjà
trop. A sa sortie de pension ses parents, appauvris par leurs sacrifices,
s'aperçoivent un jour que l'éducation
dont ils étaient si fiers ne remplace pas
des écus sonnants, et que leur fille en

est encore plus malheureuse qu'eux.
Après tant de peines, tant de projets,
tant d'espérances dans les familles va-
niteuses ou ruinées tout d'un coup,
elle n'a ni l'instruction qui fait une
institutrice, ce qui semblerait du reste
humiliant, ni le doigté d'une maîtresse
de piano, ce qui est plus humble encore.

On réfléchit, on se décide, et on
l'envoie à Paris, dans cette ville im-
mense où du moins l'amour-propre
n'aura pas à saigner devant tout le
monde, surtout devant les jeunes filles
de son âge, élevées comme elle et avec
elle, et qui, embellies d'une dot, trouvent des maris. A Paris, enfin, la fortune, sur laquelle on compte toujours,
peut prendre une fille de vingt ans sur

son aile capricieuse et l'emporter dans la lumière du monde parisien.

Peut-être le croit-elle aussi, pauvre fille ! et si par hasard elle allumait un réchaud de charbon , on n'aurait à chercher la preuve ni d'un désespoir d'amour , ni d'un amour trompé. Qu'elle veuille parler : elle vous dira son secret, et, en pareil cas , avant de l'accuser, demandez : Où est la famille ? où est la mère ?

Sans doute les demoiselles de magasin ne sont pas toutes aussi intéressantes. Dans la confection en gros, par exemple, ce sont souvent des filles d'ouvriers, confectionneuses par état, qui, après le temps de leur apprentissage, durant lequel elles vont simplement chercher au magasin des garnitures

ou des boutons et porter les manteaux
enveloppés dans *les toilettes*, veulent
devenir à leur tour ces demoiselles en
robe de soie qui leur mesuraient dé-
daigneusement les galons et les rubans. Elles commencent par être ouvrières, mais leurs regards font éclore
des protecteurs : elles ont bientôt trouvé leur place dans la maison.

CHAPITRE III

LE MAGASIN, LE VENDEUR, LA VENDEUSE, ETC.

OMMIS et demoiselles, nous les trouvons réunis, ou tout au moins voisinant par nécessité de métier, dans tous les magasins de Paris.

Qui n'est entré dans un magasin ? A la Ville de Paris, au Louvre, au Coin de Rue, aux Statues de Saint-Jacques, à Malvina, à l'Étoile du Nord ? dans les plus aristocratiques, les plus bourgeois et les plus *fantaisistes* ? A l'entrée, devant la caisse, un homme d'une quarantaine d'années, qui se promenait les mains derrière le dos, arrive à vous avec une politesse obséquieuse :

— Que désirez-vous ? monsieur ou madame.

— Je veux voir des châles, des manteaux, des soieries !

— Veuillez monter au premier.

Et un coup de sonnette fait arriver un commis sur les marches de l'escalier.

Demandez-vous du drap, de l'indienne, de la toile, des articles pour meubles, de la mercerie, de la passementerie, de la lingerie ?

— Voyez en face, à droite, à gauche, s'il vous plaît.

Et s'adressant aux desservants des rayons :

— Voyez mercerie, voyez indienne, voyez lingerie, crie-t-il d'une voix impérieuse.

Cet introducteur de clients, ce maître des cérémonies est l'*inspecteur*. C'est le plus souvent un commerçant ruiné, un ancien commis à qui ses économies n'ont pas permis de s'établir, ou dont la prudence craint les larges spéculations.

Chacun de ces rayons où on vous envoie (lingerie à part) est dirigé par un chef qui y exerce le gouvernement absolu : c'est le maître, le véritable patron.

Il est acheteur et vendeur. C'est lui qui, après avoir calculé le *prix de revient* de chaque article, le cote, et le fait marquer pour la vente. C'est un de *ces Messieurs*. A tout seigneur tout honneur ! On peut longuement en parler, nous le ferons tout à l'heure.

— Monsieur Jules, faites voir tel article à madame.

Cela est dit d'un ton fort poli, mais on sent l'autorité. Cependant, être appelé *monsieur Jules*, par son chef, est un honneur qui n'appartient qu'au second. Le prénom ici est titre de noblesse, et de même que ces Messieurs, comme nous l'avons dit, sont altesses, les seconds sont au moins barons.

Titre oblige ! Monsieur Jules aurait rendu des points comme politesse, à feu M. le marquis de Coislin ; il casserait son faux-col en saluant, si son faux-col prince-Albert pouvait se casser, — monsieur Jules s'empresse d'of-

t la caisse un homme d'une quarantaine d'années... (p. 21

frir une chaise, et demande de sa voix la plus musicale :

— Quel prix désirez-vous mettre, madame ?

La réponse faite, *le second* dit à son tour :

— Atteignez-moi donc, monsieur, le X B et le A Z.

Monsieur, sans prénom, est le commis sans grade qui est tout heureux de déployer la pièce d'étoffe sous les yeux de la cliente. Quant à X B et A Z c'est l'algèbre facile du commerce, le prix hiéroglyphique de la marchandise.

Monsieur Jules fait l'article avec succès : il est du reste devenu *second* rapidement, de simple *commis* qu'il était, par son talent à enlever la *guelte* à chaque fin de saison.

La guelte est comme la pierre de touche de l'habileté d'un jeune commis. Chaque saison a ses articles défraîchis, et même démodés, ses *aïs* dans la langue de magasin. Ils sont généralement étalés au passage des clients que le commis arrête au plus vite devant eux, en les reconduisant après leur premier achat.

— Puisque vous êtes ici, vous pouvez profiter d'une bonne occasion. Voici un article *très-avantageux* que nous vendions, il y a un mois, 5 fr. le mètre et que nous laissons aujourd'hui au prix *fabuleux* de 1 fr. 75 cent.

On se défie de *fabuleux*, et pourtant *fabuleux* vous attire. Le combat s'engage, le client veut se retirer, le commis le presse, il le ramène malgré lui à l'étoffe dont il le force à tâter le moelleux et la solidité.

— Un franc 75 cent. ! Réfléchissez, vous ne retrouverez pas de longtemps une occasion semblable, c'est pour rien ! Si je vous conseille d'en acheter, c'est dans votre intérêt. Là, il a baissé la voix comme s'il donnait à un ami un conseil discret.

— Voilà un brave garçon, se dit le client, s'il n'est au fait de ces manœuvres commerciales.

Il ouvre son porte-monnaie, il est vaincu et emporte triomphalement sa marchandise, qui vaut au commis une remise de tant pour cent : c'est *la guelte*. Une bonne addition de *gueltes*, et l'on passe au bout de quatre

saisons pour *un garçon très-capable*
dans le magasin.

Avez-vous besoin de lingerie? c'est
aux demoiselles de magasin que vous
aurez affaire. La *première* est là pour
vous recevoir, c'est le chef de rayon
en jupons. Elle a de vingt - cinq à
trente ans et plus : elle est d'une grâce
étudiée, d'une politesse grave et parfois défiante, selon l'air plus ou moins
tatillon de l'acheteur.

« Quiconque a beaucoup vu peut
avoir beaucoup appris. »

La première a déjà vu beaucoup de
clientes et en connaît tous les genres.
Du premier coup d'œil elle devine la
flâneuse de magasin, la *râleuse,* l'a-
cheteuse exigeante et minutieuse. D'un
coup d'œil aussi elle avertit ses élèves.

La flâneuse est vite expédiée; à peine quelques casiers ont-ils été ouverts qu'on les referme en disant :

— Quand madame sera décidée, elle reviendra.

La *râleuse* est promptement étranglée par ce mot répété en souriant :

— Impossible, madame, absolument impossible, nous vendons à prix fixe.

Quant à la cliente minutieuse, on ne tarde pas à lui prouver que tout est pour le mieux dans le meilleur des magasins, et l'on ajoute :

— Je vois pourtant ce que madame désire : parfaitement, on peut le lui faire; je vais prendre sa commande.

Si le hasard vous a conduit dans un magasin à cinq heures, — n'avez-vous pas été étonné de voir tout à coup les rayons désertés par les jeunes commis et les demoiselles, à cette seule parole prononcée assez haut :

— *A gauche !*

A gauche cela veut dire : le dîner est servi.

Les employés occupés à la vente et les chefs de rayon restant seuls, ces derniers ont le temps, avant l'heure de *leur table*, d'aller prendre un *apéritif* au café voisin.

Puisque nous revenons à *ces Messieurs*, complétons leurs portraits, et entrons plus intimement dans leur vie.

CHAPITRE IV

LES CHEFS DE RAYON. — LE CABINET DE LUMIÈRE

A physionomie du chef de rayon varie un peu selon celle de son quartier, l'importance et la clientèle de son magasin.

Monsieur A***, par exemple, a trente ans, le front haut et agrandi encore par un commencement de calvitie, des favoris taillés soigneusement en côtelettes qui élargissent la figure; il est brun; il a à la fois, dans le sourire, une pointe d'ironie et de mélancolie.

3

Monsieur A*** pose comme séducteur des jeunes femmes mariées. S'il en vient une à son rayon, qui s'effraie du prix d'une étoffe, il la regarde d'un air étonné, presque attendri, qui semble dire : Eh quoi! vous refuserait-on quelque chose ? Que le nom de *mari* soit prononcé, il lèvera les yeux au ciel avec componction en murmurant peut-être : Tyran! Du regard et du geste, il semble chanter du fond du cœur : *Si j'étais roi*, c'est-à-dire, *Si j'étais mari.*

Et quand la cliente est partie, on l'entend dire avec un soupir de fatuité satisfaite : Pauvre petite femme! elle a besoin d'être consolée.

Monsieur B*** a le même âge, mais il est entièrement chauve et d'un

blond roux. Maigre, pâle, avec une
tache de couperose aux pommettes,
c'est un malade de la vie trop vite
dissipée ; il a une gastrite ou une pul-
monie, mais cette affection chronique
n'ôte rien à son élégance, et ne le gué-
rit pas surtout de son amour des plai-
sirs légers et tourbillonnants. Il ne tient
à être ni don Juan ni Lovelace : du
champagne frelaté, des cocottes ma-
quillées, des soupers et des caprices
malsains où il fait manger ses appointements par les fausses dents des drô-
lesses nocturnes et vagabondes, il n'en
demande pas davantage pour rendre
l'âme sans regret dans un dernier cra-
chat. Il croit *qu'il a joui de la vie,*
qu'il a cueilli les fleurs les plus rares
et les fruits les plus savoureux de

l'amour, et si vous faites attention devant lui à quelque fille de seize ans, novice de son magasin, qui a toute la fraîcheur et tout le charme de son âge, il vous dira avec un rire méprisant :

Bah ! ces petites-là, *c'est pas amusant !*

S'il ne meurt pas dans un accès de toux, Monsieur B*** épousera peut-être une *vieille première* dont les économies l'indemniseront de ses prodigalités.

Monsieur A*** et Monsieur B*** sont deux *soyeux* (c'est-à-dire chefs de rayon de soierie) qui en leur qualité d'acheteurs passent leur matinée hors du magasin. Ils vont connaître *la place de Paris,* savoir le *cours* et *faire une affaire* avec les représentants des fabriques de Lyon. Faire une affaire, c'est acheter en vue de la hausse prochaine pour huit à dix mille francs de taffetas en baisse. Mais les affaires ne pressant pas toujours, on a d'autres rendez-vous qu'avec les représentants lyonnais. Ces Messieurs ont leur chez soi où, même à cette heure matinale, ils reçoivent d'autres femmes que leur portière.

Mais de quels priviléges leur existence de commis n'est-elle pas embellie jusque dans l'intérieur du magasin! Ne sont-ce pas eux les maîtres et les magiciens du *cabinet de lumière?*

Le *cabinet de lumière* est comme le sanctuaire du magasin. C'est une pe_

tite pièce carrée sans aucune fenétre :
comme meubles, un divan de velours
vert ou grenat, souvent une psyché au
lieu de glace ; au milieu, un guéridon
où l'on fait chatoyer sous la lumière
du lustre les nuances tendres ou vives
des robes qui feront fureur demain au
bal d'un ministère ou à une représen-
tation des Italiens, et dont on dira dans
les journaux officiels de l'élégance :
C'était une toilette *délicieuse !*

Là, dans cette chambre, noire avant
la première visite, et où un coup de
baguette fait jaillir une gerbe de lu-
mières, le chef de rayon entre seul
avec les clientes. Du moment qu'il en
a ouvert la porte, c'est le cabinet du
secret et du mystère, fermé pour tout
le monde, même pour le patron, et

dont l'inspecteur garde le seuil avec
une rigueur égale, dans son genre, à
celle du troupier en sentinelle qui ré-
pondit à l'empereur en personne : On
ne passe pas !

On vous contera beaucoup de bonnes fortunes de ces *Messieurs* dans
leurs tête-à-tête répétés avec les clientes en ce cabinet dont rien ne s'entend
et ne se voit. Je ne sais si la malice
publique n'ajoute rien à leur bonheur,
mais si les grandes dames avaient pour
amants tous les coiffeurs et les commis de magasin qu'on leur prête quelquefois, il ne serait plus étonnant que
les hommes du monde fussent obligés
de se rabattre sur les cocottes du trottoir. Quoi qu'il en soit, ce n'est pas
Monsieur A*** lui-même, malgré ses

airs de fatuité compromettante dans son silence, qui serait franchement indiscret.

Si *le cabinet de lumière* a ses mystères d'amour, ils sont moins romanesques, je crois, tout en étant aussi doux. Demandez plutôt au commis et à la demoiselle troublés qui, chacun de son côté, surveillent le moment où ils pourront se glisser dans le *cabinet*, inoccupé, une minute, une seconde peut-être. Adorable seconde, il est vrai, car elle est volée pour l'apaisement du cœur à l'esclavage de toute une journée.

Monsieur C***, chef de rayon à la *confection*, se console aisément de ne pas jouir comme Monsieur *le soyeux* des aristocratiques avantages du *cabi-*

M. A*** pose comme séducteur de femmes mariées.   (p. 34)

net de lumière. C'est le bourreau in-
souciant de la vertu, quand la vertu
existe et dépend de son pouvoir exé-
cutif; c'est le volage et l'ingrat. Voici
comment :

Aux saisons d'hiver et d'été surtout,
les confectionneuses apportent des *modèles* qu'elles soumettent à la bonne
grâce et à la décision de ce souverain
juge. Monsieur C*** regarde le *modèle*, mais examine en même temps la
confectionneuse. Il a, il faut l'avouer,
le meilleur goût en confections, mais
il l'a aussi délicat pour les femmes.

Fées de l'aiguille vieilles ou laides,
filles par hasard trop vertueuses pour
ne pas vous laisser emporter d'assaut
à ses premiers regards, votre habileté
merveilleuse ne vous sauvera pas. Vo-

tre MODÈLE sera provisoirement accepté ; il passera dans les mains d'une confectionneuse plus jeune, plus séduisante, plus complaisante, et à vous, les inventeuses qui attendez une petite fortune de ce travail de toutes vos heures, il vous répondra avec assurance, quand vous reviendrez : Madame, votre *modèle* ne se vend pas ; il n'y a rien pour vous.

De cette façon, Monsieur C*** a de jolies maîtresses à bon marché.

Mais que la *favorite* prenne garde : son règne est aussi incertain que celui des favorites du Grand-Roi, et il y a à parier qu'à la saison prochaine un nouveau caprice la détrônera en un jour.

Le *châlier* marche à l'égal du

soyeux. Le chef de rayon de la *fantaisie,* des étoffes de toutes couleurs et de tous prix, vient après eux.

Le *bonnetier* est relégué à la dernière place. C'est le moins élégant des chefs de rayon, et ses employés, presque tous très-jeunes et plus naïfs que les autres, sont quelquefois appelés par dérision les *bonnets de coton.*

Le chef de rayon dans les anciennes banlieues est presque toujours marié et trop père de famille. De temps en temps, il se paye *une noce,* un pique-nique à dix francs par tête, en contant longuement à sa femme qu'il va rencontrer les grands acheteurs de Paris et que son avenir dépend de ce coup de fourchette.

La situation pécuniaire du chef de

rayon est en rapport de l'importance des maisons dont il fait les affaires. Dans les premiers magasins il gagne facilement ses douze mille francs par an, et dans les autres, de deuxième et de troisième ordre, ce gain baisse de huit à quatre mille francs. Le soir, le moins heureux d'entre eux peut encore avoir ses habitudes de brasserie et de café, et casser parfois, comme un petit-crevé, les verres chez Vachette après souper.

CHAPITRE V

LES PREMIÈRES

EGARDONS maintenant, s'il vous plaît, du côté des *premières* demoiselles de magasin.

Mademoiselle X*** a trente ans, ou du moins elle le dit ; elle est maigre, elle porte avec sévérité la robe d'alpaga noir sur laquelle se rabat un petit col plat laissant voir à peine le nœud étroit de la cravate. Les cheveux châtains, qui se révolteraient contre toute coiffure excentrique, sont simplement séparés au milieu et réunis en un chignon à deux coques qu'*un invisible* enferme avec soin. Elle a le petit tablier sur lequel pend et brille une paire de ciseaux ; elle est souvent armée d'un *centimètre,* et même du mètre de bois, sur lequel elle mesure la marchandise à confectionner, — d'une plume ou d'un crayon, car elle fait aussi son prix *de revient,* sans compter les notes des ouvrières du dehors. Elle est grave avec ses inférieures, et si par hasard une jeune espiègle parle, plaisante ou se moque tout haut (la moquerie est le plus agréable passe-temps de la demoiselle de magasin), Mademoiselle X*** l'arrête d'un regard menaçant et roulant :

— Voyons, Zélie, avez-vous fini ?

vous êtes d'une inconvenance sans exemple.

Mais elle sourit en détournant la tête ; car pour s'être permis devant elle cette incartade la petite coupable doit être la Benjamine du rayon.

Mademoiselle X*** était née aussi bien sous-maîtresse que demoiselle de magasin, elle en a la sécheresse et l'envie.

Ne me demandez pas si l'amour l'a parfois attendrie : ce devait être en tous cas un amour malheureux. Tout ce que je sais, c'est que mademoiselle X*** ne pense plus qu'au mariage sérieux : malgré sa tenue et ses économies, elle a tout le temps d'y penser !

Madame Y*** est une femme de vingt-huit ans, mariée avec un voya-

4

geur de la maison. Elle est coquette
comme trois Parisiennes : sa jupe de
taffetas noir fait traîne, sa chaîne de
montre et ses bagues de prix miroitent
aux yeux pleins de convoitise des jeunes demoiselles. Celle-là ne commande
pas en sous-maîtresse, elle règne en
souveraine ; on la flatte, on veut lui
plaire : qui lui plaît, plaît au patron.
Chut ! messieurs les commis, taisez-
vous et pas de méchancetés !

Mademoiselle Z*** est une belle
brune de vingt-cinq ans, élégante avec
simplicité. Elle est dans sa famille ;
son père ou son frère vient l'attendre,
le soir, à la porte du magasin. Là on
la courtise et plus d'un chef de rayon
la guigne pour le mariage ; mais elle
est destinée à quelque ami de la famille

qui doit s'établir prochainement. Malgré cela il arrive, au grand étonnement de tout le monde, que celui-ci est délaissé pour le chef de rayon.

Les demoiselles ses inférieures l'appelle *bégueule* du bout des lèvres, et comme leur beauté du diable est généralement plus blonde, plus blanche et plus rose, elles sont heureuses de la surnommer la *pie sans tache.*

Du reste, il n'est évidemment pas plus dans le métier des demoiselles de magasin d'aimer les premières, que dans le rôle des écolières d'adorer leurs maîtresses. Ajoutez que la différence d'âge existe à peine pour celles-là : ce n'est plus seulement l'hostilité naturelle des inférieures contre les supérieures, c'est la jalousie de femme à femme : ce mot suffit, n'est-ce pas?. il est gros de drames familiers et de romans trop connus.

CHAPITRE VI

VIE INTÉRIEURE ET EXTÉRIEURE DES COMMIS ET DES DEMOISELLES

E caquetage de jeunes filles derrière les mouchoirs de poche, les coups d'épingle, les chuchotements conspirateurs sont, du moins, des distractions, et des plus agréables, pour ces petites têtes féminines de dix-huit ou vingt ans, dont nous reparlerons. Le commis, sans doute, jalouse la situation de son

chef de rayon, mais il est homme après
tout, il met plus de raisonnement dans
son sentiment d'envie, et il se console
de son humble position en espérant
beaucoup de l'avenir. C'est le soldat
volontaire qui peut détester son capitaine, tout en respectant les épaulettes
qu'il veut un jour obtenir.

C'est égal, ce n'est pas gai! comme
il dit. Songez donc : il faut que dès
huit heures du matin il soit à son
poste, peigné, cravaté, épinglé comme
un gandin à quatre heures du soir. Le
commerçant exige de son commis une
exactitude militaire : le quart d'heure
de grâce n'est même pas admis : il se
paie comme retard d'une amende de
deux francs. Le *à gauche* de dix heures du matin, le déjeuner est un mai-

gre dédommagement; on n'a même pas dans tous les magasins le supplément payé sur les appointements, le café, par exemple; et *à la Ville de Paris*, pour citer cette maison, il ne reste que le droit d'aller le boire, les uns après les autres, sur le pouce, à l'estaminet voisin. Le plaisir est court, les ennuis de la servitude recommencent jusqu'au soir.

On flâne un peu quand la clientèle ne presse pas, et le chef de rayon ferme presque toujours les yeux sur ces oublis passagers. On ne craint que le regard du patron; aussi quand on s'amuse, un des commis fait *la surse.* *Faire la surse,* c'est faire sentinelle. La sentinelle veille et observe, et dès que le patron apparaît, un cri de convention, qui ne peut éveiller aucune défiance, retentit dans le magasin et se répète d'un rayon à l'autre. Dans un magasin dirigé par deux patrons, on sait que l'un ou l'autre approche quand on entend crier 8.5o! — 9.5o! Pour être commis de magasin, vous le voyez, on n'en est pas moins ingénieux.

A cinq heures le dîner; à neuf heures du soir en hiver, et à dix, en été, la sortie du magasin (nous ne parlons toujours que des magasins de détail).

Le commis peut sans doute se divertir en œillades lancées à quelques demoiselles de la lingerie ou de la confection. Mais si jeune qu'il soit, il trouve souvent, comme monsieur B***, son chef de rayon, que *ces petites filles* ne sont pas amusantes du tout.

Il veut connaître la vie de Paris, il aime mieux les filles des bals publics et les tapageuses de soupers. Quelquefois pourtant, il se laisse aller à un amour sentimental de magasin. Mais il s'en repent tout haut un peu plus tard. Les jours de sortie ne sont pas les mêmes, on est séparé toute la semaine jusqu'au dimanche ; une jalousie réciproque donne lieu, ce jour-là, à des explications sur l'emploi que l'on a fait de la soirée passée l'un sans l'autre. On tient à sa liberté ; on en a si peu déjà ! et on sent qu'elle est engagée ce jour-là comme les autres. La jeune maîtresse, qui est la plus tyrannique, est bientôt appelée *crampon*. On se brouille, on se sépare, et le commis jure qu'on ne l'y prendra plus.

Mlle X*** a trente ans, ou du moins elle le dit. (p. 47)

Il revient à ses premières fantaisies :
il est l'habitué régulier, et souvent le
lion des bals de Paris! depuis l'*Opéra*
et le *Casino* jusqu'à l'*Élysée-Mont-
martre* à la barrière, et jusqu'à la
Closerie au quartier latin. C'est
des rayons de commis de magasin
que sont sortis, dit-on, et que sortent
encore tous les célèbres échevelés des
quadrilles de bals publics. On se sou-
vient, en ces endroits, de la gloire des
plus vieux, et la fête ne serait pas complète si les chicards naissants n'y ti-
raient avec leurs jambes un feu d'artifice de pas et de pirouettes.

Il est à croire, par exemple, que leur
avancement au grade de chef de rayon
est en raison inverse de leur rapide
célébrité.

Heureux encore quand une dan-
seuse de leur force, et plus habile dans
la vie que la petite demoiselle de magasin, ne les conduit pas à la *mairie*
au bout de galops infernaux ! On en a
vu quelques-uns tomber jusque là, et
on ne sait où ils ont ensuite roulé.

L'existence des demoiselles de magasin, même des plus libres, en dehors
de leur maison, est évidemment plus
discrète, plus réglée, et plus sage. Il
faut, du reste, répéter ici ce que nous
avons dit en commençant : on en rencontre plus d'une, dans le nombre,
victimes vertueuses de la nécessité et
du devoir, qui passent toujours comme
des ombres noires sur le brillant de la
vie. D'autres travaillent, sous les yeux
de leur famille, pour cette famille

même, et restent parfois vieilles filles pour en demeurer librement le soutien.

Messieurs les hommes, je ne prêche pas pour mes saintes : je demande seulement le respect de l'honnêteté où on la trouve, et toutes les demoiselles de magasin n'en ont pas perdu la fleur, si rare qu'elle soit.

Les plus légères ne cherchent d'abord, dans une intrigue, qu'une satisfaction pour leur coquetterie, une distraction aux occupations monotones de leur vie enfermée. Elles ne tiennent pas exclusivement aux commis, surtout quand elles ont entendu raconter quelques anecdotes intimes de leur vie. Elles voudraient au fond éveiller un sentiment sérieux et inspirer un bel amour de roman. Quand elles sortent le soir, quand elles sont suivies deux ou trois fois de suite par la même ombre qu'elles ont vue une heure auparavant à la vitre du magasin, elles ne croient pas sottement traîner à leurs talons un duc ou un marquis, mais elles n'en font pas moins des rêves charmants.

Songez donc comme après les tracas de la journée peuvent marcher ces têtes qui, après tout, ont quelque raison de trouver l'inconnu de l'amour plus agréable que le positif des chiffres qui leur rapportent si peu, même en argent : de douze à quinze cents francs par an.

Au bout de quelque temps de fidélité dans la poursuite, elle est aimée, c'est

ûr, elle le croit du moins. Elle se laisse
aborder, elle cause ; le masque de l'inconnu tombe : c'est un employé de
bureau, ou même (le hasard a de ces
malices) le commis d'un autre magasin. Alors tout est pour le mieux : on
est heureux, on s'aime franchement !
(ce mot fait envie ;) quelques couples
se réunissent, on va courir la campa-
gne, le dimanche, comme dans les plus
vieux romans de Paul de Kock, on se
promène à âne à Montmorency, on
dîne à l'Ermitage sous une tonnelle.
Si l'ombre de Rousseau s'y réveillait,
elle en serait jalouse : Rousseau, malgré son génie, n'avait que Thérèse, qui
ne valait pas une demoiselle de magasin. On est gai ; au retour, on fait re-
tentir l'air d'éclats de rire qui coupent

le sifflement de la vapeur, et l'on s'attelle le lendemain, avec plus de patience, au travail de la semaine, en songeant au dimanche suivant.

Employés de bureaux ou commis de magasin épousent tôt ou tard, après ce ménage fantaisiste, les demoiselles de magasin.

Quelques autres sont moins heureuses, elles sont tombées sur de faux gandins, des élégants du monde interlope qui les compromettent pour le plaisir de sembler leur dire un jour, avec une grossière fatuité : C'est assez d'honneur que je vous ai fait! Heureusement le nombre en est rare.

Si, parmi ces jeunes filles qui cherchent une consolation et un consolateur, il s'en rencontre de celles dont

nous avons parlé, de ces demoiselles
de magasin qui travaillent sous la
garde de leurs parents, ne les méprisez
pas trop : il y a là un de ces drames
intimes, poignants, quoique vulgaires
en apparence, que savait terriblement
fouiller la plume de Balzac. C'est que
la vie de famille pèse sur elles d'un
poids si affreux, que la vie de magasin,
en comparaison, leur est encore agréable; — qu'ici, esclaves au moins dou-
cement traitées, d'un travail facile, là
elles sont martyres d'une humeur aca-
riâtre, toujours exigeante, et que
rien ne peut apaiser. — Alors, comme
nous le disions en commençant, demandez encore : Où est la mère ?

CHAPITRE VII

LES MAGASINS DE GROS

Nous n'avons encore parlé que des magasins de détail, et pourtant nous ne saurions oublier ces grands salons à grandes fenêtres et souvent à larges balcons courant le long des plus vieilles rues centrales de Paris, ces premiers et ces seconds étages qui sont les magasins de gros.

Hôtels de grands seigneurs, qu'êtes-vous devenus ? ce n'est pas seulement une suite de la révolution démocratique de 1789 : c'est le signe, la preuve

de temps nouveaux, d'une époque qui
tend à devenir *américaine* de plus en
plus, c'est-à-dire d'une époque de
commerce et d'argent, d'une nouvelle
noblesse, de nouveaux préjugés. C'est,
en effet, surtout dans ces anciennes
maisons qui s'élevaient autour de
l'hôtel Colbert, dans ces majestueuses
maisons à grande porte cochère de la
rue du Sentier, de la rue Saint-Fiacre,
de la rue des Jeûneurs, qui sentent
leur petit Louis XIV et leur dix-sep-
tième siècle, que le gros ouvre ses
salons immenses.

Après avoir traversé la cour pavée,
vous avez devant vous le grand escalier
de pierre, à rampe de fer, où deux Cent-
Gardes à cheval marcheraient de front.
Vous montez. Sur le large palier, une

grande porte de chêne à deux battants s'est encanaillée, comme dirait un gentilhomme d'autrefois, d'une plaque commerciale sur laquelle on lit : Confections en gros. Pas de cordon de sonnette (le commerce est moins à l'étiquette), et, pour le remplacer, sous un bouton de cuivre étincelant, autre plaque avec ces mots : Tournez S. V. P. L'antichambre est vaste : à droite, à gauche, des portes à vitres dépolies avec les inscriptions : *Atelier*, *manteaux et mantelets*. En face, les salons où l'on reçoit les acheteurs, et, plus loin, les magasins de réserve dans lesquels se trouvent les marchandises.

Les salons sont invariablement meublés de canapés et de fauteuils en velours rouge ou vert, d'un guéridon

d'acajou, ou de chêne, ce vieux bois
de la vieillesse qui est devenu le bois
à la mode des bourgeois et des commerçants. Sur la cheminée une pen-
dule étale son lourd sujet de bronze ;
de chaque côté une coupe de marbre,
et une lampe à globe énorme, qui fait
ruisseler la lumière. Devant chaque
fenêtre, un grand pied de bois, sur lequel est empalé un mannequin de lai-
ton bronzé, porte un paletot de drap
ou de velours. Les fenêtres n'ont pour
rideaux que des stores sur lesquels on
peut lire du dehors : Confections en
gros, etc., etc.

Dans le magasin de gros, la première demoiselle est presque toujours
à l'atelier. La première demoiselle
est, nous l'avons déjà dit, une an-

cienne ouvrière qui donne et reçoit l'ouvrage des confectionneuses : ce sont là d'ailleurs ses seules capacités. Elle sait aussi calculer de mémoire ; à ces qualités elle joint celle de savoir commander les ouvrières. Si Madame ***, une confectionneuse, n'a pas bien placé les garnitures ; si les boutons sont mal attachés, elle reçoit *un suif* de mademoiselle la première. Si une commande est en retard et que l'apprentie vienne dire que cela sera prêt dans une heure ou deux, ce ne sont pas là de bonnes raison ; *Mademoiselle* bout d'impatience.

— Va dire à ta maîtresse de venir me parler, je veux qu'elle vienne elle-même.

Mademoiselle, Adèle, si vous voulez, est grande. En hiver, sa taille, que l'on aurait appelée autrefois une taille de guêpe, est étranglée dans une petite basquine de drap retombant sur une jupe de soie noire qu'elle finit d'user. Bien coiffée, sans excentricité, bien chaussée de petites pantoufles qu'elle prend en arrivant au magasin. Une bague enrichie d'une turquoise brille à l'annulaire, c'est un souvenir d'amitié ou d'amour ; nul ne le sait ! Toujours debout devant une haute et large table de chêne, avec de grands ciseaux à la main, elle taille tour à tour dans le drap et dans le velours.

De temps en temps elle dit à une jeune fille, *la savante* du magasin :

— Juliette, écrivez pour Mme *** :
Six *Graziella*, 15 mètres boules

jais, 24 boutons, 10 mètres lustrine, etc.

Graziella vous étonne ? C'est que tous les modèles de la même coupe portent le même nom. Or, on baptise tous les modèles les uns après les autres, et n'oublions pas que c'est Juliette qui leur donne les noms des héroïnes des romans qui lui ont troublé la tête.

Juliette fait aussi les *factures à condition*.

La condition est une vente molle. Un magasin de détail envoie prendre six modèles différents. Le lendemain on renvoie les modèles qui ne plaisent pas, et on décide la vente des trois ou quatre que l'on a pris.

On appelle encore Juliette :

— Débitez MM. Boulanger et Vert

pré de 3 Graziella et portez ce *rendu.*

Juliette monte au grand pupitre et écrit. — Elle en redescend, ôtant quelques bonbons de sa poche, et va s'asseoir dans un coin sur une pièce de drap où elle lit un roman en cachette.

Les autres demoiselles sont des femmes bien faites, qui essaient les confections devant les acheteurs. C'est le commis vendeur qui fait l'article ; ces demoiselles n'ont qu'à se tourner en tous sens pour faire voir la coupe du manteau ; ces demoiselles s'appellent les *mannequins.* Leur besogne, lorsqu'il n'y a plus de vente, est de ranger les rayons et d'emballer les marchandises dans des cartons.

Du reste la liberté est bien plus grande dans le gros que dans le détail. Là on est chez soi, les acheteurs ne viennent que dans la matinée. On entre à neuf heures, on sort à six, et dans la journée, on flâne devant les patrons. Il y a toujours *la première*, mais son autorité est moins grave. Il y a du sans-gêne, on lui répond en faisant la moue, ou par quelque épigramme. On fait *des farces*, de petites échappées. On prend le déjeuner dans une chambre inoccupée; chaque demoiselle se fait apporter une portion de l'*endroit* le plus voisin, et quand par hasard le café termine le repas, c'est une fête.

Il est rare que les pendules marchent régulièrement; ces demoiselles (et c'est presque toujours Juliette) les retardent ou les avancent à leur fantaisie.

Pauline, le premier *mannequin,* est d'ordinaire très-coquette : fille de blanchisseuse ou de couturière de quartiers obscurs, elle est heureuse de se promener en robe de soie dans ces beaux salons, qui lui font dès lors prendre l'intérieur de sa mère en horreur. Elle veut bientôt se mettre chez elle, et donne pour raisons qu'elle a honte de ce *taudis.* Tous les soirs, Pauline est accompagnée par quelqu'un ; il lui arrive de dîner en ville ou d'aller au théâtre avec quelque galant, et lorsqu'en rentrant elle reçoit des reproches, elle hausse les épaules, et répond avec mépris. Puis un beau jour, elle disparaît, elle change de magasin, de quartier, d'habitudes : c'est à croire qu'elle n'existe plus.

Anna, un autre mannequin, est mince, frêle et souple comme une branche de saule ; elle a des cheveux blonds, des yeux bleus, des airs pâles et languissants d'Anglaise ; on l'appelle *miss* au magasin. Elle est un soir partie de sa ville de province avec *son cousin* l'officier. Ils ont passé ensemble quelques années pendant lesquelles le beau lieutenant allait faire le guet, avec une régularité de jaloux, sous les grandes fenêtres des salons de gros. A six heures, à la sortie, il s'emparait de •*sa cousine* et l'emportait jusqu'aux environs de Vincennes et de Saint-Mandé.

Hélas ! il a disparu depuis la guerre

du Mexique. Miss Anna a beaucoup
pleuré. Des idées de voyage lui trot-
tent sans cesse par la tête : où n'irait-
elle pas pour retrouver le *cousin* perdu ? Elle n'a pas peur des pays loin-
tains. Miss Anna a maintenant un air
élégiaque qui lui donne un semblant
de candeur ; un négociant étranger la
trouve ravissante, et lui fait d'étour-
dissantes propositions, qu'elle s'em-
pressera d'accepter.

Le *vendeur* du magasin, Monsieur H*** a de trente-cinq à quarante
ans : il est assez maigre ou plutôt na-
turellement sec de corps. Le commerce
est sa passion, les affaires ses rêves de
tous les instants. Il apporte chaque
matin *une idée* au patron. Les mains
dans les poches, il arpente le magasin

dans toute sa longueur et se frappe le front pour en faire éclore une autre idée.

Les demoiselles le poursuivent de leurs rires, mais ce n'est pas lui qui se laissera jamais intimider ; il les traite du haut de sa grandeur ; il a une manière à lui de leur dire *Mademoiselle,* polie mais ironique, et où l'on sent aussi l'autorité et l'impatience.

La première pose de Monsieur H*** est pour le chiffre *énorme* des affaires de la maison : c'est celle qu'il prend avec les acheteurs de Paris. La seconde, devant l'acheteur de province qu'il tient à *épater,* c'est d'appeler toutes les demoiselles les unes après les autres :

« Mademoiselle Pauline ? »

Pauline arrive.

« Ah ! bien ! »

Et après une seconde :

« Que fait Mademoiselle Anna ? »

Celle-ci entre.

« Dites donc à Mademoiselle Juliette de penser à l'affaire en question. Au reste, qu'elle vienne me parler. »

Juliette se présente.

« Quelle affaire, Monsieur H***?

— Ah ! vous voilà ? C'est juste, je me trompe ; c'est Mademoiselle Adèle que j'en ai chargée. »

Et il force Mademoiselle Adèle elle-même à venir ; il entame avec elle, d'un air convaincu, une conversation sur la livraison à faire en Russie, à laquelle Mademoiselle Adèle répond par monosyllabes.

Les jeunes filles écoutent aux portes s'étouffant de rire.

Quand il n'y en a plus une à défiler, on l'entend encore à mi-voix appeler des noms imaginaires.

Monsieur H***, dans la saison, est un chasseur féroce de la plaine Saint-Denis. La chasse est sa plus grande distraction en dehors des affaires de la maison. Il compte ses pièces de gibier le lundi avec la même ardeur qu'il met à compter le chiffre des affaires et à appeler, les autres jours de la semaine, les demoiselles de magasin.

Un autre type de commis-vendeur, c'est Monsieur K***, que vous voyez tous les jours rouler comme un tonneau sur le boulevard. Je dis rouler, car Monsieur K*** a pris un embonpoint

formidable dont il se consolerait peut-
être, mais en même temps sa barbe de
Bacchus grisonne jusqu'au dernier
poil, ce dont il se console moins. Et
pourtant il a été beau, il a été aimé,
il a eu des bonnes fortunes dont il est
encore fier. Monsieur K*** est à peu
près le maître dans la maison, où il est
depuis quinze ans ; il vit avec une lar-
geur digne de son ventre. L'absinthe
ne le fait pas maigrir ; il la prend tous
les jours à cinq heures dans les cafés à
la mode du boulevard. Il dîne dans
les meilleurs endroits et va achever sa
soirée aux *Robinsons* de l'Opéra-Co-
mique et aux *Gullivers* du Châtelet.

On pourra écrire son épitaphe en
deux mots : « Heureux homme, joyeux
vivant. »

CHAPITRE VIII

LES DEMOISELLES CONFISEUSES

COMPTEZ en passant, dans une seule rue de Paris, les magasins divers, et vous verrez que nous n'en avons pas encore fini. Les commis deviennent plus rares, mais que de demoiselles de magasin manquent à nos portraits !

La confiseuse, par exemple, est aussi une demoiselle de magasin et mérite même qu'on parle d'elle tout particulièrement.

Souvent elle arrive de province comme les autres, et l'apprentissage est d'autant plus dur que le patron est presque toujours marié et qu'on est exposée ici à souffrir à chaque heure de l'humeur, des caprices et parfois de la jalousie d'une femme. La nouvelle venue est longtemps traitée comme une étrangère, presque comme une ennemie ; gagner les bonnes grâces et les sympathies de la *patronne* est d'autant plus difficile, qu'il faut deviner le moyen d'y arriver.

La demoiselle confiseuse se lève à six heures et demie. A sept heures, si vous êtes aussi matinal qu'elle, vous pouvez la voir en petit négligé essuyant les glaces, les bocaux, les plateaux de cristal. A neuf heures, elle déjeune ; c'est son meilleur repas : elle mange avec une gourmandise de chatte blanche une tasse de chocolat qui fait généralement honneur à la maison. Après le déjeuner, elle reparaît coquettement coiffée, habillée, ajustée : sa robe de fantaisie lui sied à merveille, son col et ses manchettes sont d'une blancheur de neige et de la plus fine lingerie, son petit tablier de soie noire lui donne un air de travailleuse sage et toujours occupée. Du bout des doigts, dont les ongles, soigneusement faits, sont taillés en amande, elle tient une pince d'argent, avec laquelle on prend les marrons glacés et les *fondants*.

Apprendre à servir de la confiserie est un art dont on ne soupçonne pas toutes les difficultés. Cette habileté, cette grâce, cette légèreté dont l'habitude donne le secret aux demoiselles confiseuses, désespèrent plus d'une fois la nouvelle arrivée. Savoir préparer un sac sans le *casser*, c'est-à-dire le chiffonner, faire les *carres* du dessous pour qu'il se tienne droit, le refermer en triangles par deux plis d'une correction parfaite, passer le *bolduc* (ruban rouge) en croix, nouer une rosette assez solide pour résister, suspendue aux doigts du client, à un voyage du boulevard des Italiens à la Bastille, tout cela demande du temps et de la patience : le temps, on l'a toujours, la patience manque quelquefois.

Et pourtant, c'est encore le plus aisé du métier. Que diriez-vous si vous voyiez fabriquer les papillottes, les diablotins, les cigares de chocolat, confec-

tionner les petites tablettes et les boîtes
à la poupée, garnir ces boîtes et les
autres en formant avec les bonbons
multicolores un damier original? Que
de peines dans ces mille riens charmants que vous voyez étalés aux vitres
des confiseurs, surtout à l'époque du
jour de l'an!

Le jour de l'an, c'est le moment terrible pour la demoiselle. Depuis le
premier décembre elle veille jusqu'à
minuit et demi et souvent jusqu'à une
heure plus avancée; la nuit du 31 décembre, elle ne se couche pas du tout,
on vend toute la nuit. C'est alors qu'elle
peut montrer elle aussi, dans son commerce, son habileté de vendeuse. Parmi
toutes ces choses si séduisantes et si
fraîches à l'œil se trouvent des pa-

niers et des boîtes de l'année précédente que l'on appelle *rossignols*. Ce sont ces rossignols conservés depuis un an, entourés de papier de soie, dans la chambre de la patronne, qui demandent pour partir un redoublement de sourires irrésistibles et de regards fascinants. Règle générale : c'est toujours un homme galant qui emporte les rossignols. Remarque particulière : la demoiselle n'en tire aucun profit.

Il y a le magasin de confiserie sans patronne, et ce n'est pas, il faut l'ajouter, plus agréable pour la demoiselle novice aux mœurs parisiennes qui, chez messieurs les confiseurs, tournent un peu, en pareil cas, aux mœurs turques. Eh, mon Dieu, oui, on en connaît plus d'un, de ces princes du bon-

bon et du chocolat, qui joue au petit sultan dans sa boutique! Il jette le mouchoir dans son sérail improvisé, et tant pis pour celle qui ne le ramasse pas! Du reste, il a sa sultane favorite dont l'humeur n'est ni moins impérieuse, ni moins capricieuse que celle de la patronne légitime. Voyez plutôt mademoiselle Hortense, une blonde grassouillette qui ressemble à un portrait de la *rondelette Dubarry* descendue de son cadre. Comme elle mène son monde, demoiselles et garçons confiseurs, dans le magasin ou le laboratoire! Ma foi, vous comprenez que mademoiselle Céline, fatiguée de cette tyrannie, est bien près d'écouter les propositions de son seigneur et maître pour essayer de régner à son tour.

LA CONFISEUSE

Voyez plutôt mademoiselle Hortense. (p. 83)

Les demoiselles confiseuses couchent dans la maison, tant bien que mal, parfois deux ou trois dans la même chambre : elles ne sortent que toutes les quinzaines, et chacune à son tour. Leur toilette de ville est moins simple, mais moins riche aussi et de moins bon goût que celle des demoiselles de la nouveauté. Elles aiment généralement les couleurs voyantes pour le chapeau, le bleu-Louise, par exemple, et les effets de couleurs opposées, comme des roses et des brides roses à un chapeau de velours noir. Robes et manteaux ne sont pas toujours de la dernière mode de la saison ; ces demoiselles sortent si peu que leurs toilettes ont vieilli avant d'être même défraîchies.

La demoiselle confiseuse ne gagne
guère que cinquante francs par mois :
ce n'est pas de quoi lui constituer une
dot. Le plus grand bonheur qui puisse
lui arriver, c'est d'inspirer un amour
sérieux au chef du laboratoire ou de
séduire un pâtissier des environs de
Paris. Mais le plus souvent elle reste
vieille fille toute confite dans ses sou
venirs.

CHAPITRE IX

LES DEMOISELLES PARFUMEUSES.

RAVERSONS la rue, nous nous
trouvons aux vitres de sa
voisine la parfumeuse.
D'où vient les trois quarts du temps

la maîtresse parfumeuse ? personne ne l'ignore. La patronne de ces petits magasins où l'on voit sans cesse des hommes faire la bouche en cœur et la barbe en éventail devant le comptoir, est une lorette vieillie qui a fini **par** placer ses économies ou **par** exploiter le caprice de son dernier amant. D'après elle jugez des demoiselles qui l'entourent. Que de mystères cachés **aux** yeux des passants dans cette arrière-boutique à portières épaisses de reps rayé. On prend le café et la liqueur, les glaces et les sorbets, on prend même le champagne après dîner. Maîtresse et demoiselles ne sont que des cocottes en magasin !

Il faut prendre la demoiselle parfumeuse dans les magasins d'un autre

ordre, chéz les Piver de la rue Vi-
vienne ou du boulevard des Italiens,
où nous aurons l'avantage en même
temps de rencontrer le commis parfu-
meur.

Depuis plusieurs pages nous ne
parlons que des demoiselles; revenons
un peu aux commis.

Monsieur Victor a absolument la
tenue du gandin : il a les cheveux lis-
sés et collés, le col droit, la cravate
bleue ou groseille, le pantalon gris-
perle ou noir, collant sur les bottes
vernies qui craquent. Le mouchoir de
batiste à vignette dans la poche du
haut de la jaquette, il exhale un parfum d'essence de violette ou de pat-
chouli. Aussi musqué dans ses manières, il parle en gazouillant avec

plus de·prétention encore que de politesse, car M.· Victor est digne et
froid.

La première demoiselle est depuis
sept ou huit ans dans la maison : elle
a toute la confiance, elle est plutôt
gérante. C'est une femme très-posée,
qui s'est mariée avec un employé de
la maison.

La jeune demoiselle (il n'y en a
guère qu'une avec la première) est
simple de mise, de ton et d'habitudes,
les parfums du magasin ne lui portent pas à la tête. A l'intérieur on la
voit en robe d'alpaga ou de popeline
de nuance sombre, et, en été, en
robe de jaconas, avec un tablier noir,
col piqué et manchettes simples. Elle
est fraîche même sans coldcream et

sans poudre de riz; ses cheveux sont blonds ou noirs sans artifice, et dans cette boutique embaumée elle a **comme une** odeur de fleur naturelle. Quand elle sort, la demoiselle parfumeuse a l'air honnête d'une jeune fille bourgeoise qui sort seule par hasard pour aller passer l'après-midi chez une amie. Elle aime le théâtre comme toutes les Parisiennes; elle y accompagne quelquefois une commerçante voisine dont la vie tout au moins ne laisse rien à désirer. Mais il n'est pas permis de badiner avec les mœurs et de prendre au théâtre voisin le genre Benoiton, quand on vend les poudres de T. Piver et l'eau de Cologne de Jean Marie Farina!

CHAPITRE X

LES MODISTES

N sortant de chez la parfumeuse, nous n'avons que quatre pas à faire pour entrer chez la *modiste*.

Les demoiselles de magasin chez la grande modiste ne se piquent pas les doigts avec les aiguilles; elles sont à la vente et c'est dans de beaux salons Louis XV qu'elles reçoivent les grandes dames.

Ces demoiselles en ce temps-ci adoptent les coiffures les plus benoitonnes, les toilettes le plus nouvel

7

empire. Elles sont lorettes enfin, dans leur mise ; elles ont de jolies mains, le toucher délicat, la démarche traînante, la voix langoureuse. Leur conversation roule toujours sur les modes, sur les toilettes des belles clientes dont les équipages piaffent à la porte. Et ceux-ci !... comme elles les regardent avec envie. Chaque fois que mademoiselle Antonine reconduit son acheteuse, elle pousse un long soupir de regret. Le fait est qu'elle a l'air distingué, que la toilette en fait une grande dame ou une grande cocotte, et qu'en la voyant, sans la connaître, marcher sur le trottoir, on pourrait répéter le mot : *Voilà une duchesse ou une fille.*

Avant d'être demoiselles vendeuses,

ces jeunes filles ont chiffonné le taffetas et tortillé la cannetille. Qui sait si
dans l'atelier elles n'ont pas caressé,
comme un rêve impossible à réaliser,
de devenir ce qu'elles sont ; c'est que
l'atelier n'est pas gai. Dans un coin,
une grande cage grillée de quatre mètres carrés à peu près, où se trouve la
demoiselle qui passe les marchandises
et les fournitures nécessaires à la confection des chapeaux. Au milieu, une
grande table de bois blanc devant laquelle chaque ouvrière a sa place. Au
bout trône la *première* qui, là plus
qu'ailleurs, est terrible ; elle est si utile
à la maison qu'elle a toute autorité.
Lorsque les placiers en crêpe, en rubans, en blondes, viennent offrir leurs
articles, *Mademoiselle* est occupée ;

alors c'est un gazouillement d'oiseaux en volière.

La patronne modiste apparaît de temps en temps dans l'atelier; il lui arrive même de venir en été s'y rafraîchir d'une glace au nez de toutes ses ouvrières ou de tremper un biscuit dans un verre de bordeaux tout en jasant avec sa *première*. Madame est une femme de trente à quarante ans, qui se conserve avec soin. Elle est vêtue de soie, les diamants brillent à ses doigts et à ses oreilles. On ne sera pas étonné qu'après avoir rêvé d'être demoiselles vendeuses et poussé ensuite de vains soupirs devant les beaux équipages, ces demoiselles se contentent de rêver à devenir patronnes.

Le patron, c'est-à-dire le mari de la

modiste, n'est que le *prince consort*
de ce petit royaume. Il vient quelquefois le soir à l'atelier : comme généralement c'est un homme d'ordre qui
dirige les dépenses de la maison, il fait
ramasser les épingles par les appren-
ties.

Il est arrivé plus d'une fois que ces
demoiselles rencontrent un amant sérieux, un entreteneur qui les lance;
et plus tard, soit qu'elles débutent au
théâtre, soit que *leur chic* les fasse
remarquer, elles deviennent des célé-
brités de la rive gauche du *Lac,* de la
Marche ou de Chantilly.

Si nous voulons remonter au quartier Bréda, nous trouverons la modiste
interlope à qui sa clientèle, interdit
tout scrupule. Là ce sont des boudoirs

galants où l'on regarde aussi souvent aux vitres les demoiselles que les chapeaux. Cocottes déguisées encore que ces travailleuses, et non masquées, par exemple; car tout parle ouvertement dans leur figure, des yeux aux lèvres, du sourire au regard : celles-là, avec leurs robes échancrées en cœur, leurs coiffures à la *chien*, leur visage jeune ou vieux plâtré et maquillé, sont à juste titre les demoiselles aux rubans... suivez-moi jeune homme.

Aventurons-nous passage du Saumon, dans cette halle de la mode, fréquentée par les provinciales qui, même dans leur petite ville, ne tiennent à leur banc d'église le dimanche que le second rang de l'élégance et un rang douteux de distinction.

Chaque magasin a son assortiment de chapeaux faits à l'avance; vous en voyez de blancs garnis de muguet, de fleurs d'oranger ou de marguerites, prêts à coiffer les nouvelles mariées des environs de Paris; d'autres roses, verts ou bleus avec des roses pompons; enfin d'autres en crêpe mauve, couverts de fausses blondes blanches et de lilas.

Que les clientes (ici le mot clientes n'est pas dans le langage du passage Saumon; le vrai nom des acheteuses, dans la bouche de ces demoiselles, est *chalandes*), que les *chalandes* donc choisissent parmi ce fouillis éblouissant et criard de couleurs et de nuances, de rubans et de fleurs! Elles n'échapperont pas au ridicule. C'est que le chapeau, si petit qu'il soit, si microscopique qu'il devienne, aura toujours son importance dans la toilette de la femme, serait-il réduit à un bouton de rose, à une feuille d'or artificielle, à une violette, à un bout de dentelle.

On fait dire à M. de Buffon : « Le style, c'est l'homme. » Disons avec plus de raison : « Le chapeau, c'est la femme ! » — Oui, le chapeau, et les bottines, dont nous allons bientôt parler. — La femme, on le voit, ne tient que par les extrémités.

Les demoiselles du passage du Saumon ne sont plus les jeunes filles aux cheveux souples, au teint mat, à la grâce charmante que nous avons vues tout à l'heure. Elles ont appris leur

état dans des petites boutiques de lin-
gère-mercière, où elles ont plus monté
de bonnets sur la tête de carton d'une
marotte que fait de chapeaux par ins-
piration.

Ces demoiselles n'épargnent certes
pas les enjolivements; leur ouvrage est
lourd, écrasé de fleurs grossières et
placées sans goût. Leur distinction
n'efface guère celle de leurs *chalandes*.
On les voit souvent faisant l'article
sur leur porte, tenant entre le pouce
et l'index un de leurs chefs-d'œuvre
qu'elles admirent avec complaisance et
qu'elles veulent faire admirer.

— Voyez, Madame, disent-elles avec
une voix de contralto qui tombe en
fausset.

Si la cliente espérée, après s'être arrêtée à l'étalage, continue son chemin sans répondre, elles ne manquent pas d'ajouter en se retournant :

— Fait-elle sa fière, *la femme !*

Celles-là ne rêvent pas d'être duchesses. Un petit établissement et un amour vulgaire feraient amplement leur bonheur.

Ces fleurs artificielles, qui font pyramide sur les chapeaux du passage du Saumon, sortent des maisons des fleuristes de la rue du Caire et de la rue Bourbon-Villeneuve.

CHAPITRE XI

LES FLEURISTES

ENCORE un type que la demoiselle fleuriste.

La demoiselle fleuriste des magasins des quartiers que nous venons de citer, et qui font surtout l'exportation, est généralement une ancienne apprentie de la maison.

Elle ne vend pas seule, elle assiste plutôt à la vente; elle est *monteuse*, comme on l'appelle dans la langue du métier, c'est-à-dire que, selon les explications des acheteurs, elle monte devant eux des fleurs comme *échantillons*.

Elle part de chez elle, le matin, en
petite robe de laine, en chapeau qu'elle
a rehaussé d'une fleurette tombée sous
le comptoir, maigrement drapée d'un
châle noir ou à carreaux et portant
au bras, dans un petit panier, son
déjeuner de midi. Le soir à huit heures, elle rentre dîner chez ses parents.
Beaucoup de ces derniers tiennent un
obscur hôtel garni, ou un petit res-
taurant : ils veulent que leur fille,
n'ayant pas de dot, économise au
moins quelque argent sur son travail
de trois francs par jour; puis, de cette
façon, elle échappe à la vie, toujours
dangereuse pour une jeune fille, du
bureau d'hôtel et du comptoir de res-
taurant. Échappe-t-elle à d'autres dangers ? On peut le croire, car la plupart

de ces demoiselles, après quelque
amourette de passage, finissent par
épouser un artisan, comme un mon-
teur en bronze, un graveur sur mé-
taux, ou un *ouvrier naturaliste* qui
est parfois un modèle de mari à em-
pailler.

La fleuriste parisienne, dans le sens
élégant de ce mot, travaille dans les
grandes maisons de fleurs de la rue de
Richelieu, de la rue Neuve-Saint-Au-
gustin et de la rue de Choiseul. C'est
le pendant de la modiste de grand
ton, de la femme qui porte avec une
distinction naturelle la soie, la dentelle et le velours. Ah ! que j'en ai
connu d'adorables de beauté, d'exqui-
ses dans leurs manières ! Plus d'une a
inspiré un véritable amour et s'est

mariée avec le héros de son roman;
d'autres, après avoir passé deux saisons d'été dans les châlets les plus dé-
licieux des bords du lac d'Enghien
ou des bois de Ville-d'Avray, mou-
raient, une fois délaissées, de langueur
et de chagrin. On meurt encore de ces
maladies dans ce monde de femmes,
où on a beaucoup espéré, beaucoup
conquis, quelquefois beaucoup aimé,
et où l'on tombe du haut de ses rêves
et de son bonheur en un seul jour.
Je revois souvent dans mes souvenirs
une jolie fille pâle et élancée, que l'on
appelait au magasin *la demoiselle aux
camélias* à cause d'une ressemblance
peut-être imaginaire avec l'héroïne de
Dumas fils. Comme elle, elle s'appelait Marguerite. Une maladie de poi-

trine la consumait lentement, trop
lentement à son gré, abandonnée
qu'elle était par le fils d'un des plus
riches commerçants de Paris. Un matin, elle s'asphyxia, laissant un enfant
comme souvenir et comme remords
au séducteur oublieux.

Descendons de cette poésie élégiaque
de femme que les fleurs enivrent peut-
être comme elles la tuent, car la fleuriste meurt jeune, presque toujours, à
force de respirer l'odeur chimique des
fleurs artificielles.

CHAPITRE XII

LES DEMOISELLES DES MAGASINS
DE CHAUSSURES

ESCENDONS du premier étage de la fleuriste au rez-de-chaussée de la demoiselle du *magasin de chaussures*.

N'avez-vous jamais plaint, en passant, ces femmes agenouillées ou accroupies devant un pied déchaussé à la hauteur de leur visage ? Si encore elles avaient toujours affaire à une cliente assez intelligente pour comprendre ce qu'il y a de triste dans sa situation et qui sache leur dire d'un ton poli :

— Pardon, mademoiselle, de la peine que je vous donne. — Merci, mademoiselle..., cette tâche, si humiliante qu'elle soit, leur semblerait moins dure, mais que de femmes à l'esprit sec et au pied d'Anglaise les font suer à leurs genoux pour entrer ce pied monstrueux dans la bottine de Cendrillon !

Une d'elles me disait un jour : Il y a trois sottes espèces de créatures qu'en les chaussant je reconnaîtrais les yeux fermés : les filles de chambre, les filles de boulevard, et les filles d'épicier.

La demoiselle du magasin de chaussures était bordeuse de chaussures ou *chamarreuse*. Mais il faut beaucoup

8

travailler, se salir les doigts et se perdre les yeux pour faire sa journée; elle a trouvé plus agréable de se mettre demoiselle de magasin, sans réfléchir à tous les inconvénients moins graves, mais d'un autre genre, qui l'y attendent.

La demoiselle du magasin de chaussures a la mise de toutes les commerçantes, elle a les mains un peu rouges, le langage assez commun. Elle se sent toujours un peu de son origine, et sa position n'est pas faite..... pour la relever.

CHAPITRE XIII

CONCLUSION

Ommis et demoiselles de magasin ont défilé devant nous : nous avons vu les différents côtés et les aspects changeants de leur vie, nous avons essayé de faire des portraits vivants et ressemblants : nous espérons avoir à peu près réussi.

Mais de cette étude, si légère qu'elle paraisse, de tout ce que nous avons dit gravement ou gaiement, ressort une question sociale et morale qu'il faut aborder en finissant. Nous ne parlons pas de la trancher. Grands dieux ! on ne tranche rien, surtout d'un coup de plume, pas plus en morale qu'en politique.

On indique le mal, on le reconnaît : le reste est l'affaire du temps, ou plutôt de ce travail mystérieux dont la société fermente presque malgré elle et qui la rend mûre au progrès.

La question est double : la voici.

1° Les commis de magasin sont-ils des travailleurs véritables et indispensables de cette société, quelle que soit aujourd'hui l'importance du commerce, et tiennent-ils des places que des femmes ne pourraient pas occuper ?

2° Certaines demoiselles de magasin ont-elles le salaire suffisant à leurs besoins ?

Alphonse Karr, que je citais en commençant, et d'autres moralistes n'hésiteraient pas à répondre non, et à demander la suppression immédiate de tous les commis de magasin. Le défaut des esprits vifs, si remarquables qu'ils soient, est de juger et de condamner le mal sans chercher comment il existe, ni s'il est aisé, ni même possible de le détruire du jour au lendemain, de s'en guérir à jamais.

Nous avons montré le mécanisme commercial des magasins et les rouages de leur gouvernement. Nous avons vu le chef de rayon, vrai ministre à portefeuille, ministre de l'intérieur et de l'extérieur à la fois, tout administrer et tout régler dans son département, acheter au dehors, vendre et surveiller

la vente au dedans, être le vrai patron
au-dessous du patron.

Il serait difficile, on l'avouera,
qu'une femme courût Paris chaque
matin, non-seulement pour connaître
le cours de la marchandise, mais encore pour traiter avec les représentants
de fabrique de Lyon et autres grandes
villes industrielles.

— Fort bien, me répondrez-vous :
conservez vos chefs de rayon parce
qu'ils sont à la tête de la maison, mais
les autres commis, qui ne sont que
des bras et des mains, remplacez-les
par des femmes.

Malheureusement on peut répliquer
aussitôt :

— On ne naît pas chef de rayon,
par la grâce de Dieu. Il faut savoir

apprécier une étoffe, être fait à la vente,
rompu au commerce, et un apprentissage est évidemment nécessaire.

— Soit; mais il n'est pas indispen-
sable qu'on prenne un peuple de commis, quand la moitié devrait être sup-
primée en faveur des femmes.

— .Vous oubliez qu'un certain
nombre de ces commis, placés dans le
magasin par leurs familles, paient
d'abord pension pour apprendre leur
métier, et qu'un patron après tout ne
peut les refuser.

. — Allons, vous tenez aux commis,
vous les acceptez, vous les défendez,
vous les regardez comme indispensables dans le commerce, et comme
membres utiles de la société mo-
derne.

— Non, je ne vais pas si loin, surtout en ce temps où la plupart des commis de magasins tombent au rang des petits-crevés ridicules de dixième ordre. Je reconnais, comme personne, que c'est, sauf exceptions, une classe efféminée, corrompue et corruptrice de la société; et sans vouloir m'occuper de la nouvelle loi militaire, dont on parle tant, je trouve même qu'un fusil serait tout aussi bien placé qu'un mètre dans les mains de ces délicats sans raison.

Mais d'où vient le mal, et quel est le remède?

Le mal vient précisément de ce qu'on peut appeler la royauté du commerce, de cette situation trop heureuse qui permet au patron d'être un

souverain invisible et un roi fainéant.
Le jour où le patron serait obligé par
économie de s'occuper le premier de
ses affaires, d'acheter lui-même pour
ne pas perdre les intérêts de tant pour
cent qu'il paie à ses premiers commis,
de n'avoir qu'un ou deux chefs de
rayon comme aides et comme sup-
pléants, le nombre des commis infé-
rieurs pourrait diminuer des trois
quarts, c'est-à-dire qu'il n'y aurait
qu'un élève acheteur à chaque rayon.
La vente serait l'affaire des demoiselles. Le remède, c'est donc aux patrons de l'appliquer. Les crises commerciales qui se font sentir depuis
quelque temps et qui ont déjà jeté
plusieurs inutiles hors des magasins,
les y amèneront peut-être malgré eux.

Qu'on n'objecte pas ici les dangers
du gouvernement des demoiselles de
magasin par un chef de rayon. Les
demoiselles de la confection en gros
sont sous les ordres d'un premier commis, et rien ne se passe qui puisse
compromettre ou faire attaquer son
autorité. L'autorité d'un homme sur
des femmes du monde de l'industrie
ou du commerce même, est instincti-
vement plus sérieuse qu'aucune autre;
des fabriques aux magasins il y a cent
exemples pour le prouver.

Le patron, enfin, n'aurait-il pas
tout avantage à remplacer des commis
par des demoiselles, puisqu'il est admis, fort injustement, que le salaire
d'une femme doit être inférieur aux
appointements d'un homme?

Un mot pour finir, sur cette différence, qui n'a nulle raison d'être, les
femmes n'étant, pas plus que les commis, les ornements oisifs du magasin.
Certes, si l'égalité des sexes doit régner, c'est dans ces endroits où l'homme n'a qu'à dépenser ni plus d'intelli-
gence, ni plus de force que la femme,
où il devient femme et moins que
femme lui-même par le genre de travail qui l'amollit.

Quand une demoiselle de magasin
a quinze cents francs ou même douze
cents par an (les premières exceptées),
c'est tout ce qu'elle peut espérer.
Dans ces conditions, du reste, elle
est presque heureuse : elle a son déjeuner et son dîner au magasin, et
ses appointements suffisent largement

à sa toilette et à son blanchissage.

Mais les appointements de douze
cents à quinze cents francs ne pleu-
vent pas dans les rayons des demoiselles : plusieurs d'entre elles n'ont
que huit cents et beaucoup que six
cents francs par an; alors il faut, pour
s'entretenir et pour économiser quelque argent en prévision des cas de
maladie ou de chômage, des tours de
force. La toilette, et une toilette élégante, robes et jupons, et du col aux
bottines, est une nécessité du métier
qui dévore aisément les trois quarts
de cette somme, quand elle ne l'en-
gloutit pas entièrement. Ajoutez les
mille riens dont la vie des femmes est
moins exempte encore que celle des
hommes.

Je ne parle, remarquez-le, que de
la demoiselle de magasin qui travaille
pour elle seule, qui n'a pas à prélever
sur ses appointements un soulagement
pour sa famille. En ce dernier cas, si ce
n'est pas une sainte, elle est bien près
d'être une martyre. Pensez pourtant
que c'est encore un salaire décent que
celui des demoiselles de magasins de
nouveautés, gros ou détail. Que dire
des autres, de la plupart de celles dont
nous avons ensuite parlé, de ces jeunes filles à qui l'on semble accorder
toute faveur et livrer l'avenir avec
tous ses trésors, en les faisant asseoir,
bien en vue, sur la chaise ou le tabou-
ret d'un comptoir? Si un certain nombre gagne cinquante ou soixante francs
par mois, ce qui ne leur fait pas une

trop large existence, d'autres restent bien au-dessous de ces appointements déjà si bas.

Nous résumons une étude de physionomies parisiennes, nous n'écrivons pas un livre d'économie sociale et de statistique, comme M. Jules Simon : sans cela nous aurions bientôt montré que le salaire des femmes est souvent dérisoire et qu'il mérite d'attirer l'attention.

En deux mots, voici notre pensée :

Ouvrons les portes des magasins et maisons de commerce aux femmes que la faim et les besoins de toute espèce jetteraient aux hasards de la rue.

Mais une fois qu'elles sont entrées et qu'elles ont leur place au comptoir ou

aux rayons du magasin, ne leur don-
nons pas, par une économie aussi dure
que malentendue, l'envie d'en sortir ;
ne les rendons pas aux tentations du
pavé et aux séductions du trottoir!

FIN

TABLE

—

PARIS. — L. POUPART-DAVYL, RUE DU BAC, 30.

En vente :

COCOTTES ET PETITS CREVÉS

Par Ed. Siebecker.

LE JOURNAL ET LE JOURNALISTE

par Edm. Texier.

RESTAURATEURS ET RESTAURÉS

Par Eugène Chavette.

ACTEURS ET ACTRICES

Par Monselet.

FLOUEURS ET FLOUÉS (LES USURIERS)

Par Adrien Paul.

LE BOHÊME

Par G. Guillemot.

INDUSTRIELS DU MACADAM

Par Elie Frébault.

Dessins par Bertall, Benassis, Cham, Hadol, etc., etc.

————

En préparation :

ARTISTES ET RAPINS

Par Louis Leroy.

LA PARISIENNE

Par Paul Perret

LES EMPLOYÉS

Par A. Huart

LES ENFANTS — L'HOMME POLITIQUE

LE FILOU ET L'AGENT, ETC.

————

Paris. — Imprimerie J. Youpart-Davyl, rue du Bac, 30